KB261971

별똥별

김종해 시집

별똥별

김종해 詩集

문학세계사

나는 아직도 모른다!

나는 아직도 모른다.

모양을 갖추지 않아서 보이지 않고 만져지지 않고 고요한 것, 그러나 부드럽게 때로는 격렬하게 움직이는 것, 내 안에 있으면서 어느덧 너에게 가 있고, 너에게 있으면서 나를 일으키고 소리치게 하는 것, 떨림이 있고 울림이 있고 팽팽함이 있어 우리를 설레게 하고 흔드는 것, 그것이 무엇인지 나는 아직도 모른다.

이 바닥에서 30년이 지나도록 그것을 찾아 캐고 뽑고 다듬고 두드리지만 詩여, 나는 아직도 너를 모른다.

1994년 7월

김 종 해

별똥별

* 차례

1 나의 하늘

2 별똥별

1
나의 하늘

나의 하늘(1)
── 유리창을 닦다

　마포 쪽에 있는 백여 평 미만의 하늘을 사들여 내 이름
으로 등기를 끝내고 취득세를 물고 난 얼마 뒤 나는 완벽
한 나의 하늘을 갖게 된 기쁨 속에서 이웃들로부터 축복
을 받았는데, 그 가운데 제일 마음에 드는 것은, 내 하늘
에 있는 별들을 가끔 빌려보고 싶다는 소박한 한 친지의
말이었다. 나는 내가 사들인 하늘의 별들이 잘 보이도록
오늘도 유리창에 낀 성에를 닦고 또 닦아내었다.

나의 하늘(2)
—— 소유나 삶이나

　　내가 하늘을 사들이고 그 하늘을 옥상 위에 펼쳐둔 것 까지는 좋았는데 세상에! 내가 미처 대책을 세우지 못한 것은 하늘의 변화무쌍한 기상이변이었다. 우리 살아가는 일 중에 구름 끼는 날 바람 부는 날이야 누구나 겪는 일 이지만 내 소유의 하늘을 가진 뒤 한겨울의 폭설에 놀란 나는 다가올 여름의 천둥과 폭풍우를 또한 근심치 않을 수 없었다. 소유한 자의 번민이 이럴진대, 나 또한 내가 사들인 하늘의 반납을 놓고 며칠째 밀고 당기며 밤잠을 설치고 있다. 부질없는 고생을 사서 하고 있다.

나의 하늘(3)
── 기압골이 낮은 까닭

　내가 사들인 개인 소유의 하늘에 철새들이 하늘길을 찾아가는 것은 막을 수 없는 일이지만, 더구나 이웃집으로 은밀히 새어드는 봄밤의 계절풍 혹은 가느다란 달빛이나 별빛이야 막을 수 없는 일이지만 내 영공을 불법으로 오염시키는 저놈의 굴뚝들, 답답하고 매캐한 삶에 익숙한 사람일수록 시끄러운 분쟁을 싫어하겠지만, 오늘 나는 참을 수 없다. 눌리고 나지막하게 살아가는 사람들의 영공을 위해 오늘 나는 참을 수 없다. 우리의 무주영공, 하늘 하나 가진 것 때문에 내 기압골은 매우 낮다.

아버지를 그리며

아버지가 아침을 주셨으므로 내 가진 그릇들에 아침이 가득 찬다. 아버지가 주신 시각들이 내 손목시계에 날마다 감겼다 풀린다. 하늘을 주시고 세상을 주시고 친구를 주시고 길 걷는 법을 일러주셨으므로 내 가진 세간살이의 하루가 부족함이 없다. 슬픔을 얻지 못하면 어찌 기쁨을 깨칠 수 있으며, 불행을 거치지 않으면 어찌 행복을 은혜로 여길 수 있는가를 아버지가 주신 집에서 깨친다. 창문을 열어보지 않아도 나는 안다. 개나리 같은 것들, 진달래 같은 것들, 라일락, 산당화, 찔레꽃 같은 것들이 무더기로 내 뜨락에 와서 떠들썩한 것으로 보아 아버지가 봄을 또 보내 주신 것을 나는 안다. 그러나 아버지, 가르쳐 주소서. 외로움은 어디로부터 오며, 우리의 마지막 절벽은 어디에 있는지를!

오늘도 외롭다

세상은 어두컴컴하고 비가 오는데
나 혼자서 비행기를 끌어내어
상공으로 올랐다
구름 위엔 아, 눈부신 햇살
세상은 어두컴컴하고 모두 비에 젖는데
나 혼자서 젖지 않았다
젖을 때 다 함께 젖을걸!
젖지 않아서
나는 오늘도 외롭다

인사동에게

먼저 온 사람들이 빌려 쓰고 있는 인사동을
오늘은 우리가 잠시 빌려 쓴다
골동품으로 오래 남기를 희망하지 않는
바람처럼
오늘은 우리가 잠시 인사동을 스친다
누님 손국수집 골목을 빠져나온
라일락 향기도 잠시 끼어든다
토담에서 한잔,
평화만들기에서 한잔,
이모집에서 한잔,
실내악, 이화, 탑골에서도 한잔
최루탄 때문에 눈물 흘리던
우리들의 사월도 가고 오월도 가고……
우리는 인사동을 잠시 빌린다
먼저 떠나간 사람은 다시 오지 않지만
인사동은 다음 사람을 위해
문을 닫지 않는다

인사동아, 우리가 무엇을 마셨는가,
우리가 비운 술잔에

다시 무엇이 채워지는가
묻지 말기 바란다

서 행

항해일지를 쓰지 않기로 작정한 이후로도
계속 나는 파도를 탔다
표류라고나 할까, 좌초라고나 할까
눈발 날리는 외국인 묘지공원 혹은 당산 철교
절두산을 끼고 도는 병목 해협
눈이 와서 희끗희끗한 날
나는 감속으로 가고 있다
왜 살고 있는가, 날마다 가고 오는 길
반짝이는 아침 물살을 이명으로 들으며
살아가는 이유를 나는 알 수 없다
제동등의 붉은 불빛 뒤에 서서
급브레이크를 밟는,
표류라고나 할까, 좌초라고나 할까

러시아워

살아가는 일도 이런 것이려니
좌회전이면 좌회전
우회전이면 우회전
교통체증에 몸을 맡기고
까짓것 서행으로 서행으로 가보는 것이다
곳곳에서 붉은 신호등이
이 도시에의 진입을 막고 있어도
까짓것 더 기다려 보는 것이다
황색 중앙선을 넘어
이 도시 바깥의 하늘로 사라져 간 사람들을
한두 번 보았는가
오징어를 질겅질겅 씹으며
더 참고 기다려 볼 일이다
가며 오며 저 혼자서 고속도로를 닦아놓고
까짓것 젓가락장단 두드리며
고성방가해 볼 일이다

컴퓨터 바이러스

미켈란젤로 바이러스가 침투하던 날 아침
나는 근신하였다
이날 하루 동안 나를 축으로 일어날 수 있을 법한
모든 입력과 출력을
나는 중단하였다
나는 혼자 있었다
컴퓨터 백신으로 예방할 수 있을 법한
사소한 일 하나에 매달려
나는 혼자 있었다
미켈란젤로 바이러스가 침투하던 날 아침
나를 축으로 일어날 수 있을 법한
모든 대인관계의 업무를
나는 중단하였다
우리의 연결고리를 파괴하는 저놈의 바이러스
그러나 이날만은
나는 소심하게 혼자 있을 수밖에 없었다
뚜렷한 징후도 발견하지 못한 채
복면한 그놈을 기다리며
나는 손을 놓고 있었다

면 회

수감되어 있는 너를 만나려고
아들아 네가 갇힌 쇠창살 바깥쪽에
나는 서 있다
역할이 바뀐 우리들의 시대
네가 가진 진보와 혁신이 아직 서툴고
뽀오얀 최루탄 연기 속에 연행된
네 청춘의 봄을
나는 탓할 수 없다
탓할 수 없는 것은 너뿐만은 아니다
아들아 이 봄날 나도 외치고 싶구나
살아가는 일 모두가 쇠창살이 되어
나를 갇히게 하는 이 봄날
또 다른 감방 하나가 내 안에서
육중한 문에 자물쇠를 채우는구나.

골리앗크레인

골리앗크레인을 움직이는 것은
노동자일까 사용자일까
골리앗크레인을 멎게 하는 것도
노동자일까 사용자일까
일만 톤의 엄청난 골조를 들어올리는
저 힘의 전원(電源)을
노사 어느 쪽이 가졌느냐 묻고 싶지 않다
아아, 나는 정말 알고 싶지 않다
오늘 나는 조선소에서
문제의 골리앗크레인을 보았는데
그의 손바닥 위엔 불꺼진 램프,
노사가 잡아당기는 밧줄이 그의 무릎을 감고 있었다
그가 가진 막강한 힘은 녹슬고 있었다
붉은 띠를 두르고 까마득한 높이에서
두 주먹 불끈 쥐고 투신하고 있었는데
아무도 거들떠보지 않았다
아무도 그에게 날개를 주지 않았다

까악까악

까마귀 싸우는 여의도 같은 데 나가서
정작 나도 한 마리 까마귀로
날개 접고 있으랴
오늘은 정말 먹고 먹어서
더 파먹을 것이 없는
이 땅의 희망 하나
주차장에 세워두고
까마귀 싸우는 여의도 같은 데 나가서
머리띠 두르고 주먹 휘두르고 싶어라
소주병 꿰어차고
이 봄날
나도 한 마리 까마귀로 떠돌다가
막가는 세상의 뒤통수나 쪼아라

2
별똥별

가족 모임

우리는 섬으로 가야 한다
부산에 와보면 알 수 있는 바와 마찬가지로
섬으로 떠 있는 어머니.
흰 파도가 어머니의 앞가슴에 레이스로 달려 있고
어머니가 거느리는 바다
바람 없는 날에도
당신이 날린 물새들이
살아가는 일 속에 지친 우리들 돛대 위에
깃발로 펄럭인다
잊지 마라, 우리들의 희디흰 슬픔
아버지인 천마산*이 밤마다 바다로
함 뼘씩 하산하고 있는 바와 마찬가지로
우리 가족인 부산아,
칠월이면 우리 또한 섬으로 가야 한다

* 천마산 : 부산의 서구에 해변을 끼고 있는 산.

가 족

천마산 눈썹 아래
초장동 산비탈이 있고
천마산 코딱지 같은 우리집이 있고
충무동 푸른 바다가 있고
새벽별을 보며 생선도가로 내려가는
이모집이 있고
바람이 불지 않아도 소리치는
외삼촌집이 있다
이른 새벽부터 우리집에 와서
해장술에 취한 천마산은
어머니에게 술국을 더 달라 한다
아버지와 형은 말없이
절구에 떡을 치고
누나와 나는 맷돌을 돌린다
콩나물시루에 물 주는 아우가
손을 놓을 때쯤
누더기 같은 우리의 희망이
빨랫줄에 펄럭일 때쯤
천마산은 바람과 안개를 거느리고
넌지시 산을 오른다

별똥별

공구가 죽은 얼마 뒤
청산가리를 먹고 구짱이 죽고
우리들의 대장 만출이 녀석도
세상을 떴다
우리는 그 녀석들이 사라진 하늘에
방패연을 띄웠다
천마산은 곤충들을 보내어
우리를 위로하였으나
초또패의 잔당인 우리는
풀이 죽었고
곡정패는 더 이상 공격해 오지 않았다
유난히 달 밝은 날 밤에는
구짱의 하모니카 소리가
대나무숲에서 우리를 불렀고
그런 날 밤이면
나는 똥을 누고 싶었다
가위에 눌린 채 어머니를 깨우고
옥수수밭에 쪼그리고 앉으면
녀석들은 별똥별로 나타나
긴 옥수수 잎사귀로 내 등을 찔렀다

똥은 나오지 않고
앉은 채로 걸음을 옮기면
녀석들은 또 별똥별로 따라왔다가
멀리 구덕산 쪽으로 차르르 흘렀다

겨울 가교사
—— 박영하 담임선생님

아버지는 튼튼한 그물을 가지고
부두로 나가시고
어머니는 국수를 뽑는 충무동 시장
끓는 물 속의 멸치를 휘젓고
나는 소지산 겨울 가교사의 햇살을 주워 담아
쥐불을 돌린다
시든 잔디풀에 번지는 불꽃은
시커멓게 자리를 넓히는데
우리 담임선생님의 회초리가
언 하늘의 반점으로 묻어나는
겨울 가교사
칠판 위에 묻어나는 백묵도
회초리 자국으로 그어지는
토성국민학교 겨울 가교사
전쟁도 상이용사도 무섭지 않지만
우리 담임선생님의 차가운 안경알은
가출을 하고 싶은
내 검정 고무신을 꽉 붙들고 있다

이모의 대나무

청상과부가 된 이모의 작은 땅에는 대나무가 자랐다
생선도가에서 떼온 이모의 생선상자에는
언제나 푸른 비늘이 돋았다
이모의 도마 위에 오른 생선들처럼
우리는 이모가 생선회칼보다 무서웠다
책보따리 들고 학교는 가지 않고
충무동 진개장에서 한 사흘 떠돌다
우리는 들켰다
그날밤
청상과부가 된 이모의 작은 땅에서
무섭게 솟아오르는 대나무 소리를 들었다
세상에!
우리는 이모의 도마 위에 올랐다
바람도 숨을 쉬지 않았고
우리를 떠받쳐주던 천마산도 눈을 가렸다
그날밤 우리의 종아리에선
충무동 방파제의 비명 같은 파도 소리가 들렸고
뒤집혀진 우리의 종아리를 쓰다듬으며
우시는 이모의 대나무 소리가 들렸다

시루떡

어머니가 장작에 불을 지피시고
가마솥에 물이 끓어오를 동안
우리집 방구들은 달아오른다
우리집의 춘하추동이 떡시루에 담긴다
한켜 한켜 쌀가루를 뿌리고
한켜 한켜 팥고물을 뿌리는
어머니의 떡시루에
우리집 온 식구의 체중이 담긴다
어머니가 혼자 머리에 이신다
떡이 설지 않도록
가마솥과 시루 사이를
밀가루 반죽으로 바르시는
어머니의 춘하추동

오늘은 눈이 오는데
그날의 쌀가루 같은 흰눈이
집집마다 켜켜이 쌓이는데
빨간 망개 열매가
어머니의 흰 떡시루에
팥고물로 얹히는 겨울 한낮,

눈은 와서 켜켜이 쌓이는데
그날의 쌀가루 같은
눈은 녹아서
눈물이 되나

손빨래

대티고개 너머
아버지는 지게 위에 구덕산을 지고 오시고
감천에서 빨래하시는 어머니 곁에서
나는 관솔가지를 모아 불을 놓았다
우리집 마당에는 언제나
아버지가 지고 오신 구덕산이
나뭇단 속에 쌓여 있고
어머니가 널어놓은 빨래들이
목거지의 깃발처럼 펄럭였다

아아, 동화 같은 세월이
마흔다섯 굽이 지난 오늘
아버지는 도벌꾼이요
어머니는 환경오염 범법자다

다시 한번 꿈을 꿀 수 있다면,
나도 그곳으로 가서
아버지가 벗어놓은 지게를 지고 싶다
어머니의 강물이 흐르는 감천으로 가서
사분을 풀며 손빨래를 하고 싶다.

3
사랑의 주소

원촌 마을*에 가서

문짝도 없는 돌담변소에서
동생은 똥을 누고
나는 옆에 서서 잠시 보초를 서주고 있었다
쌍봉산이 뒤에서 끙끙 힘을 주고,
들판 밑을 질펀하게 흐르는 하천이
오이밭의 오이들로 매달려 있었다
고추밭의 고추로 매달려 있었다
나도 거기 쪼그리고 앉아서
각시패랭이꽃의 앞섶에 조심스레 손을 집어넣었다
들판에서 일하던 원록**의 형제들이
우리 형제가 하는 일을 눈여겨보았다
어릴 때 옥수수밭가에 밤똥을 누는 내 곁에 서서
무서움을 가려주던 어머니,
나는 똥누는 아우 곁에서 어머니를 생각했다
어디에선가 원록의 청포도가 익어가는
칠월 한낮이었다

    * 원촌마을 : 이육사가 태어난 경북 안동군 도산면 원촌리
    ** 원록 : 이육사의 아명

웬 못?

아우가 쓰는 못을 보면 흥미롭다
그의 못은 모두 사람에게 박혀 있다
못을 박아본 사람보다
못에 박혀본 사람,
못뿌리까지 뽑혀본 사람은 안다
못대가리를 가지고 있는 사람이
왜 위험한가를
감출 수 없는 못대가리 때문에
맞아본 사람은 안다
열불터지는 일에서 돋아나는
그놈의 못대가리
참을 수 없는 못대가리 때문에
청량리 경찰서에서도 뽑혔고
남산에서도
나의 못은 뽑혔다
못대가리를 숨기는 것은
지혜롭다
나는 못을 보면 놀란다
유치장에 갇힌 아들의 못대가리,
아서!

나는 아들의 못대가리가 보이지 않기를
권고한다

컴퓨터에 출력되는 아버지

비가 와서 약간 하늘이 젖은 날 저녁
아우 김종철과 함께
후배시인 원구식의 사무실에서
후배시인 원구식이 조작하는 컴퓨터를 지켜보았습니다
컴퓨터 화면에 펼쳐지는
전지전능 만기만능
나의 정서는 구겨져서 휴지통 속에 처박혀 있었습니다
컴퓨터그래픽이 하는 일을 지켜보면서
나는 지갑 속에서 낡은 증명사진 한 장을 꺼냈습니다
아버지 아버지
클라크 케이블의 콧수염을 기른 아버지가 입력된 후
아버지는 화면에 커다랗게 나타나셨습니다
컴퓨터가 40년도 더 지난 아버지의 얼굴을 손질하고
아버지의 추억을 성형하고
아버지의 고집을 바로잡을 동안
나는 아버지의 얼굴을 맞바로 볼 수 없었습니다
아버지의 얼굴을 마음대로 주무르는 저놈의 컴퓨터
조금 뒤에 으험으험으험으험으험하며
아버지가 출력기를 통해 걸어나오셨습니다
아우가 달려나가 다섯 번을 영접하였습니다

비가 와서 약간 하늘이 젖은 날 저녁
우리는 아버지를 모시고
삼각지에서 소주를 마셨습니다.

사랑의 주소
—— 정한모 선생님

성북동 '꿩의 바다'를 지나 '새언덕'에 사시던 정한모 선생님이 얼마 전에 주소를 옮기셨습니다. 경기도 광탄을 지난 한적한 땅, 돈암동 천주교 묘지입니다. 우리는 선생님을 만나뵈러 술과 안주, 싱싱한 꽃 몇 송이 들고 갔었는데 선생님은 어떻게 아셨는지 산 언덕 입구 비포장도로까지 나오셔서 일일이 우리들 손을 잡아주셨습니다. 아직 지붕 손질이 덜 끝났는데, 하시면서 마침 새로 사귄 이웃에 사는 천주교 교우 서너 분을 소개해 주셨습니다. 최 아오스딩 저분은 도장공인데 '아가의 방'을 새로 단장하는 데 많이 거들어주지요. 한식을 며칠 앞둔 봄볕을 받으며 우리는 선생님과 낮술을 기울였습니다. 낮게 내려온 하늘 때문에 깜짝 놀란 새들이 날아오르고, 우리는 번갈아가며 선생님께 잔을 올렸는데 선생님은 조금도 흐트러지지 않고 잔을 돌려 주셨습니다. 평화롭고 안온한 시간과 바람이 나비를 날아오르게 하고, 그때 나는 '아가의 방'으로 걸어들어가고 싶었습니다. 선생님은 가볍게 제지했습니다. 낮술을 마신 황토 때문에 우리의 얼굴도 불그스름해지고, 안 바쁘시면 다음에 와서 고스톱을 쳐도 되겠지요, 우리는 하산했습니다. 몇 발짝 산을 내려오면서 우리는 보았습니다. 바람에 떠오른 가랑잎이 하늘을 가득

채우고 눈물처럼 반짝이며 손을 흔드는 것을. 우리는 선
생님의 배웅을 보았습니다. 그날 우리는 또 젖었습니다.

시인 이형기의 주소

그가 머물고 있는 주소가 어딘가를
아는 사람은 아무도 없다
허무라 하기도 하고
유미적이라 하기도 하고
즉물적이라 하기도 하고
때로는 적막강산이라 하기도 하지만
추측에 지나지 않는다
분명한 것은 그가 가진 예리함,
그에게는 사물을 가르는 면도날이 있다
그의 시에서 그어지는
면도날 검법의 저 명쾌함
그의 번쩍이는 안경알 너머
베어진 사물의 정수리에서
흐르는 허무
그가 머물고 있는 주소가 어딘가를
미루어 짐작할 뿐이다
어렴풋이 알 뿐이다
그가 두는 바둑돌의 행마를 따라가 보면
"인생은 길을 묻는 지친 나그네"
돌아간다, 돌아간다, 머물다 가는

넉넉함이 있다
한 잔 술과 사랑이 있다
未堂의 깊이, 木月의 높이가 어우러진
그가 머물고 있는 주소가 어딘가를
아는 사람은 아무도 없다

벌

양봉업자 이종만 씨가
꽃피는 봄부터 꽃지는 가을까지
꽃을 찾아다니는 것은 벌 때문이 아니다
벌통을 들고 방방곡곡을 찾아다니는 것은
순전히 꽃을 탐닉해서가 아니다
벌은 그의 촉수,
그는 향기 있는 곳을 안다
세상의 아름다움과 부드러움이 갖는 분비물을
그는 잘 짚어내지만
그가 기르는 벌은
항시 사람사는 세상을 날고 있다
그가 가는 곳에는 항시 꽃피는 봄이 있다
사람 사는 세상의 봄
양봉업자 이종만 씨의
벌들이 날아오를 동안
그도 어느덧 꽃가루 같은 서정시를 터는
한 마리 벌이 되어 있다

장마철

김광협이 죽고
제주도가 그의 침상을 손질해주던 날 밤
곳곳에서 나는 누수되었다
그를 낙향시켰던 소주병을 기울이며
비에 씻기는 우리 사는 것의 안부
오늘밤 멀리 서귀포가 젖고
내 가까운 곳의 축대들이 흔들리고
잠수교도 물 속에 잠겼다
빗속에서 나는
선릉 필병원의 검진을 받았는데
부질없는 일.
북상하지 않고 머무는 낮은 기압골은
며칠째 나를 소주병에 젖게 한다

뻬쩨르부르그 가는 길

모스크바에서 뻬쩨르부르그로 가는 밤열차를 타면 차
창에 눈발처럼 달라붙는 흰 자작나무숲을 볼 수 있다. 사
회주의의 불빛마저 숨어버린 이 평원을 달리며, 까닭없이
아랫도리를 희끗희끗 드러내는 자작나무숲을 보면, 쏘냐,
느닷없이 차창에 네 얼굴이 겹쳐지고, 나는 오늘밤 러시
아의 어둠과 눈발 속에 잠을 설친다. 궁핍한 시대의 목마
름과 좌절을 자기 것으로 가졌던 라스꼴리니꼬프도 그랬
을까. 눈 오는 언 하늘을 채찍으로 가르며 뻬쩨르부르그
로 가는 길, 치마를 벗어버린 내 누이들이 등뒤에서 붙들
매, 아, 나는 한치 앞으로도 나아가지 못한다.

표도르와 함께

인류사를 통틀어
단 한 사람의 소설가를 호명하란다면
도스또옙스끼, 나는 그대를 호명하리라
그대가 이 지상에서 마지막 밤을 보낸
뻬쩨르부르그 시(市) 꾸즈네쯔끼 골목 5번지,
그대가 초청하지도 않은 옛 집에서
서재와 침상과 식탁과 접시를,
그대를 영원케 하는 힘이 어디서 오는가를,
러시아의 위대한 정신을 빛내는
그대의 램프를 나는 지켜보노라
알렉산드르 넵스끼 대수도원을 참배하는
가난한 사람들의 촛불
그대의 유해가 묻힌 찌흐윈스꼬예의 묘지에서
상반신만 내민 그대의 초상을 보며
표도르! 표도르!
나는 인간의 이름을 가만히 불러보노라

4
그대에게 띄운다

그대에게 띄운다

덤프트럭 위에는
내가 그대에게 보내는 수화물이
위태위태하게 적재되어 있고
야반에 고속으로 질주하는
덤프트럭 위에는
내가 그대에게 보내는
서른다섯 송이의 장미다발과
안전장치가 풀어진 뇌관,
그리고 기타 등등의 물건 꼬리표에는
수신인의 주소,
내 불륜의 사랑이
모나미 사인펜으로 적혀 있다
이 밤 안으로 나의 덤프트럭을
불이 환한 그대 집까지
당도케 해야 한다
쌍라이트 환하게 켜고
고속으로 달리는 덤프트럭 위에는
내가 그대에게 보내는 수화물이 있고
크라프트지 꼬리표가 달린
내가 있다

토요일 아침은 주유소에 간다

토요일 아침 주유소에 가면
그대는 휘발유
아직 누구에게도 채우지 않은
41리터의 사랑을 급유받는다
내 단신의 탱크에
무연휘발유로 가득 채워지면
토요일 아침, 나는 해뜨는 동쪽으로 간다
주행거리는 500km밖에 안되지만
여자여, 그대는 내 생의 주유소
나는 중년과 노년의 가파른 언덕길을
기어변속도 하지 않고
그럼, 부드럽게 주행한다
그대 원시림의 바람과 숲이
사랑으로 분해되거나 말거나
나는 힘차게 액셀을 밟는다
토요일 아침, 주유소에 가면
그대가 나를 채운다
내 잔 가득가득 넘치니
내 삶을 주신 그대여, 경배받으시라

과 속

이젠 어쩔 수 없다

파도야 어쩌란 말이냐
파도야 어쩌란 말이냐
유치환은 탄식했지만
이젠 어쩔 수 없다
흑장미 열다섯 송이 사들고
네가 사는 도시
가속기 페달을 밟지 않아도
나는 이미 네게로 고속으로 가고 있다
차창을 때리는 파국이라든가
맹목이라는 빗방울을
워셔로 닦아내고 또 닦아내고
급브레이크를 밟을 수도 없는 비탈길에서
너를 향해 나는 달려가고 있다

이젠 어쩔 수 없다

그대 앞에 봄이 있다

우리 살아가는 일 속에
파도치는 날 바람부는 날이
어디 한두 번이랴
그런 날은 조용히 닻을 내리고
오늘 일을 잠시라도
낮은 곳에 묻어두어야 한다
우리 사랑하는 일 또한 그 같아서
파도치는 날 바람부는 날은
높은 파도를 타지 않고
낮게 낮게 밀물져야 한다
사랑하는 이여
상처받지 않은 사랑이 어디 있으랴
추운 겨울 다 지내고
꽃필 차례가 바로 그대 앞에 있다

오월, 지하철 안에서 흔들리는 것은

흔들리는 것은 내가 아니야
지하철 안에서 유리창에 비치는 네 얼굴
눈부셔라
나는 두 손으로 눈을 가린다
위험해 위험해
바라만 보아도 임신시킬 것 같은
우윳빛 시간 속에서
나는 콘돔 같은 불빛을 온몸에 받고 있어
욕실 안 알전등에 서린 수증기
캄캄한 유리창 바깥에서 함께 달리며
달로 떠서 별로 떠서 반짝이는 여자
30분간의 황홀한 교감은 끝나고
지하철은 멈춘다
아침 출근길
이슬 머금은 오월의 향기여
한묶음의 글라디올러스가 하차하고
지하철 안은 다시 나 혼자뿐이다

흰 찔레꽃

갈현동 선정학교 언덕 아래
우리집은 찔레덩굴집
새벽이면 하늘에서 별들이 내려와
찔레덩굴에 얹혀 있다
서오릉 언덕 넘는 길에
죽은 장희빈도 보았으리라
밤새도록 하늘에서 내려와
찔레덩굴에 얹힌 흰꽃
몸은 낮추었으나 뜻은 하늘로 오르는구나
상심하지 마라, 딸아,
네 가야금산조에
꿀벌들은 날아와 꽃가루를 털고
보이지 않던 여왕마저
흰 드레스로 입궐하신다
숲으로 잘못 떨어진 유성도
독한 향기로 먼 길 찾아오는
흰 찔레꽃!

사량도* 어부

웃섬에서 동백꽃이 치마끈을 풀면
아랫섬이 얼굴 붉히며 진달래로 뜨는
사량도가 있더라
사량도 두 섬이
잠 못 이루는 봄밤이 오매
동백꽃 훔쳐보며 수작하던
봄밤이 오매
동백꽃에 젖는 것은
섬만이 아니구나
사량도 어부가 헛짚는 뱃길
오늘은 내 음핵에도 더운 피 감돌아라
가슴속 일렁이는 파랑(波浪)을 잡고
물길로 나아가면
그물 속에 걸리는 것은
물뿐이라
그물코를 더 좁혀도 어쩌지 못하는
물뿐이라
사랑이여,
왜 동백꽃은 섬 안에 심어두시고……

    *사량도 : 경남 통영군에 있는 섬. 웃섬과 아랫섬으로 나뉘어 있다.

해빙을 보며

주행속도 15km의 강변도로에 갇혀서
풀리는 한강을 본다
간밤에 누군가 발가락 끝으로 끌어내린
네 흰 팬티를 본다
헐떡이는 서울을 끌어안고 있는
네 아랫도리께에서
주행속도 15km의, 완만한 흐름의
애액처럼
다시 나를 낳아주지 않는 여자의
해동을 본다
한강이여
아침마다 수십 번 기어변속을 하며
이 속도로 낮게 낮게 떠밀려가면
네 치부
부끄러운 난지도에 나도 포개질 것인가
포개져서
나도 서울의 쓰레기처럼
열을 낼 것인가

외로운 검객

그날 나는 독화살을 맞고
인사동에서 비틀거렸다
해독약을 구하기 위해
버둥거렸지만
칼날을 세우고 나를 노려보는 눈들이
종로에도 가득하였다
장자야, 나는 말을 하지 못한다
무공이 높을수록 검법을 숨기는데
나아가는 길을 막고 선 서울의 계곡은
너무 깊고 벼랑은 높다
영웅들은 사라지고
검객들의 눈만 날카롭다
밤 깊은 수은등 아래 잠시 비틀거리면
나의 검은 애마,
갈현동 들어가는 길이
희미하게 지워져 있구나
내 등뒤에 매달린 칼집에서 칼을 빼면
아아, 사랑할 일 하나만
달빛에 번쩍이누나

5
백두산 가는 길

두만강에서

목잘린 비적의 말라빠진 수급 같은 얼굴을 하고
내 오늘 두만강 가에서
조선을 몰래 훔쳐보노니
갈 수 없는 나라
그러나 가야 할 나라
조선아,
네 흰옷은 아득히 멀리 있고
나는 오늘 목놓아 울 수도 없구나
비에 젖은 두만강 국경에서
목잘린 비적의 말라빠진 수급 같은 얼굴을 하고
닫힌 산하를 창황히 굽어보노니
북조선 남양시의 긴 기적소리
눈가에 빗방울로 와 맺히는
남의 땅 두만강 가에서
내 오늘 속절없이 젖고 또 젖음이여!

백두산 가는 길은 슬프다

백두산 가는 길은 슬프다
북간도의 하늘은 낮고
윤동주의 별이 대낮에도 지지 않고
용정에서 화룡현 입구까지 따라온다
연길에서 용정으로
용정에서 화룡현을 지나
청산리를 지나
백두산 가는 길은 슬프다
남의 땅을 밟고 오르는 백두산
고구려 발해의 아버지가 가졌던 땅
하늘과 바람과 별과 윤동주
잃어버린 땅에서 오르는
백두산 가는 길은
더욱 슬프다

백두산 천지

하느님과 내통하는 여자가 가진 호수
혹은
옷을 벗은 여인의
가장 아름답고 은밀한 자궁
백두산 정상에서
나는 차라리 눈을 가렸다
눈버드나무숲을 지나
사스레나무숲을 지나
눈이깔나무숲을 지나
그대 마지막 속옷이었던
키 작은 자작나무숲을 돌면
눈부셔라,
꿈길을 밟고
남북을 오가던 그대
나는 한마디 말도 할 수 없구나
흥분 때문에 숨조차 쉴 수 없구나
내가 저 여인의 아들이 아니라고
더는 말할 수 없구나
어머니의 호수 옆에 와서
더는 세상에 속일 수 없구나

벌 목

이도진(二道津)이라는 백두산 밑의 작은 마을에 들면
장백산맥의 원시림을 벌목하는 소리가 들린다
팔가자(八家子)임업국의 철도로 실려가는
원시림이 내는 소리를
이도진(二道津)에 사는 조선족들은 아무도 듣지 않는다
척박한 대지 위의 척박한 삶
그들이 더 귀를 곧추세우는 쪽은
두만강 건너
조선땅 량강도의 뿌리 뽑힌 사람들의 벌목
백두산 너머
삶의 밑둥마저 톱질당한 사람들
중국산 사료로 굶주림을 채우는
북조선 사람들의 침묵이다
한밤에 장백산맥의 원시림이 우는 소리
이도진(二道津)의 조선족들과 헤어진 날 밤
내 침대로 와
쓰러지며 퉁기는 거대한 원시림
북조선 사람들이 밤새도록
나뭇등걸을 받쳐주고 있었다

누이여

길림성 연길에서 우리는 평양식당을 찾아갔다
고향마을에서 본 듯한 우리의 누이들이
백두산에서 바라보는 북조선의 숲보다
두만강에서 바라보는 북조선의 안개보다
더 가까이 빗장을 풀고
우리를 맞아준다
길림성 연길의 밤은 어둡지만
우리는 익숙하게 우리의 누이를 알아본다
누이여, 그러나 우리는 술잔을 기울인다
저들이 가진
조선민주주의 인민공화국의 마지막 빗장을
우리는 결코 벗기려 하지 않는다
오늘밤
이데올로기보다 더 진하게
어머니의 음식체취가 배어 있는
식탁에 둘러앉아
유정한 조선의 술잔을 기울인다

비엔나, 9월, 우리는

유럽의 음모(陰毛)처럼 보이는 비엔나 숲도,
그 밑을 부끄럽게 흐르는 다뉴브의 물빛도
나를 깨우지 못하는 밤,
그 밤에 나는 찾아갔다.
한글 이름 '평양식당'의 불빛은
북(北)의 누이같이 내 손목을 당기는데
누가 불러서 찾아간 것도 아니면서
꼭 찾아가야 할 코리아의 아픔,
비엔나의 낙엽은 발 밑에 밟히면서
내 아픔처럼 바스락거리는데
형제여, 우리는 잔을 든다.
통일이라는 말, 모국이라는 말을 쓰지 않아도
우리가 지피는 모닥불 때문에
온몸이 뜨거워지는구나
남과 북을 허무는구나
그날 밤 비엔나 시내에 무덤을 가진
이 나라의 영혼들마저 여기에 와
우리들의 만남에 배석해 주었다.
밤늦게 숙소까지 배웅해 준
북(北)의 형제가 이 사실을 귀띔해 주었다.

비엔나, 평양식당에서

비엔나의 9월은
우리가 숨기고 있는 석류 한 알을 터뜨렸다.
감추면 감출수록 쩍! 하고 벌어지는
석류 한 알을 우리는 확인하였다.
결코 감출 수 없는 마음 한 알을
식탁 위에 올려놓고
우리는 비로소 함께 노래할 수 있었다.
나는 '북조선'이라 호칭해 주었고,
그는 '한국'이라 호칭했었지만
우리는 그것이 아무것도 아니라는 것을 알면서
술잔을 기울였다.
거기 보이디요, 선녀레 보이디요?
아! 보입니다.
인삼 술잔 한가운데
황홀한 선녀가 목욕하고 있었다.
나는 인삼술과 함께
입 안에 선녀를 털어넣었다.
누가 시켜서라기보다
우리는 통일예행연습을 하고 있었다.
젖을 대로 젖어서
더 젖을 것이 없는 우리는!

꿈

아우가 가지고 온 천지의 물빛은
언제나 차고 푸르다.
아우의 등뒤에는
늘 누이 같은 천지가 업혀 있다.
오늘은 갈현동 우리집 눈썹까지
천지가 내려와
나를 불러낸다.
차고 푸른 것이
밤새도록 꿈을 스쳐서
나는 잠을 이룰 수 없다.
아한대 숲을 가르며 가리라.
누이여.
나는 반드시 조선땅을 거쳐서
네게 당도하리라.

愛妓峰에서

하필이면 비가 와서 나는 젖었어
임진강 양안(兩岸) 위로 빗방울은 듣고
애기봉에서 바라보는 북의 땅,
망원경 끝에 매달린 빗방울 탓으로
나는 젖었어
임진강 너머 산과 들,
조그만 마을이 순식간에 달려와
눈시울에 맺혔어
나는 망원경을 더욱 끌어당겼어
마을이 보이고 건물이 보이고 운동장이 보이고
폴카춤을 추는 남녀들
초록 제복의 빨간 머플러가 나풀거렸어
그들의 말과 피가
내 혈관을 타고 흘렀어
하필이면 비가 와서 나는 젖었어
그러나 이 봄날의 빗방울을
누구에게도 들키지 않았어

산맥을 보며

꿈꾸지 않아도
산맥은 저희 가슴에 희망 같은 숲들을 품고 있거늘
꿈꾸지 않아도
숲들은 저희 가슴에 산짐승 같은 그리움을 품고 있거늘
새벽빛이여, 네가 와서
우리가 품고 있는 산맥이
무엇 때문에 뜨거워지고 있는가를 보라
남과 북을 걸쳐 있는 우리의 산맥이
왜 꿈틀거리고 있는가를 보라
지금 우리는 스스로 달구어진 활화산의 용암을
억제하지 못한다
새벽을 빚어서
날마다 산악 위에 올려놓는 이여
바라건대 우리는 저마다 화산 하나씩을
이 산맥 위에 올려놓으려 하나니
역사의 장엄함이 안개로
바람으로 이 위에 눕는다
먼 바다의 섬은 섬들끼리 모여
이마를 맞대고
그리움은 그리움끼리 입술을 부빈다

우리 시대의 가장 절실한 한 마디의 말
통일이여, 우리는 목이 멘다.

　연휴이틀동안의‘통일의날’에는서울과평양에서종소리가
울리고비둘기가맨먼저날아올랐다　밤새도록거리에는폭죽
이터지고사람들은노래부르며길거리를메웠는데아무나서로
손을잡고껴안았다　TV는24시간내내켜져서민족적열광을
거들었다　서울발평양행의첫열차가눈물처럼움직이자……

통일이여, 우리는 목이 멘다
꿈꾸지 않아도
산맥은 저희 가슴에 희망 같은 숲들을 품고 있거늘
꿈꾸지 않아도
숲들은 저희 가슴에 산짐승 같은 그리움을 품고 있거늘
새벽빛이여, 너 지금 어디만큼 와 있느냐
허깨비 같은 사상과 주의(主義)의 울타리 안에서
빗장을 굳게 지르고
아직 깊은 잠을 자고 있느냐
별은 떠서 길을 맡기고 서쪽으로 사라지려 한다
어서 가자, 이 연대(年代)가 저물기 전에

우리 손으로 철조망을 걷으리라
그날 아침 해뜨기 전에
비무장지대 지뢰를 걷으며
그대여, 산악처럼 울리라

또다시 그날을 기다리며
—— 광복 46주년에 부쳐

그날
나는 부산 천마산 중턱 초장동 빈민촌에서
알몸으로 배꼽을 드러낸 채 뛰어놀고 있었다
그날 어른들은 허둥대기 시작했고
도청 앞 큰거리는 삽시간에 인파로 뒤덮였다
꿈에서 보던 방파제의 흰 물살이
자갈치를 넘어서 도청 네거리를 침수시켰다
태극기를 꽂은 꽃전차 주위에서
고함을 지르고 춤추던 그 인파의 물살이
초장동 언덕에서 내려다보였다
공습이 있는 날
방공호에도 들어오시지 않고
태연히 빨래를 하시던 어머니,
어머니는 해방이라고 일러주셨다
새 하늘이 내려오고
새 바람이 불어오는 것이 보였다
밟혀야 자라는 보리싹처럼
밟아도 밟아도 죽지 않는 잔디처럼
우리 살아온 길
저같이 깊은 질곡 속에 누워 있지만

그때마다 우리는 일어섰고
세계를 풀잎 속에 품었다
남과 북으로 나누어진 우리들의 산하
우리들의 하늘
백두산에서 한라산까지
압록강과 낙동강,
대동강과 한강의 이름만 들어도
우리는 벌써 목이 멘다
해가 기울면 내일 다시 솟는 것처럼
이별 뒤엔 만남이 있으리라
해방의 그날보다 더 큰 감격을
우리 살아 있는 날에 거두리라
우리 시대의 가장 큰 축복을 준비하는
잠들지 못하는 젊은 조국이여,
우리가 가진 산맥들이
북에서 남으로, 남에서 북으로
밤마다 움직이는 것을 우리는 안다
형제여, 우리 다시 만나는 날,
나는 이 땅의 어디에서
목놓아 울 것인가

그 아침은 장대하리라

그 아침은 장대하리라
날마다 해뜨는 곳으로 가고 있는 사람들
어둠 속에서도 쉬지 않고
날마다 아침을 준비하는 사람들의 바다
그 바다 위로 무엇이 뜨는가
우리 삶의 동쪽에는 무엇이 뜨는가
시작은 미미하였으나
한발 한발 절벽을 걷어내고
눈물과 땀과 아픔이 지난 자리
정상으로 오르는 사람들의
그 아침은 장대하리라
신새벽의 어둠을 풀면서
아버지는 아침해를 지고
문밖에서 기침을 하고
어머니는 아침바다를 이고 와서
그대 발밑에 풀어놓는다
우리 삶의 가파른 절벽을 기어오르는 자
내륙의 숲과 바람을 가르며
달려온 산맥마저
그대 발 아래 조용히 엎드린다

어둠을 가르며 빛이 오는 길
그대가 가고 있는 벼랑이
길의 시작이다
그대가 지고 오르는 배낭 속에는
산소 같은 우리 시대의 희망이 구르고
남북의 꿈이 뒤엉킨다
그대가 사납게 암벽에 찍는
피켈의 불꽃 속엔
그대를 짐승으로 가두었던
우리 시대의 악몽
그대의 소중한 자유와 사랑이
군화에 짓밟히며 피투성이가 된
간밤의 상처가 있다.
비록 그대의 짐은 무거우나
새처럼 가벼워지기를 기다리지 말라
세기의 기나긴 어둠이 끝나고
새아침의 깃발이 펄럭이는 자리
백두산에서 한라산까지
함성과 축포와 만세소리가 들리는 날
산소보다 투명한

우리 시대의 희망이
그대의 배낭 밖으로 불거져 나오는 날
그 아침은 장대하리라

작은 새여, 백두산에서 한라산까지 날아야 한다

자작나무숲에 내리는 흰눈은 결코 녹지 않는다
녹지 않는 흰눈의 그리움
눈은 내리자마자 자작나무숲이 된다
비엔나의 평양식당에서 만난 북조선의 청년이
한 그루 자작나무가 되고, 흰눈이 되고
모스크바의 평양식당에서 만난 북조선의 소녀가
내게 주었던 한 권의 〈통일문학〉 속에도
자작나무숲의 흰눈이 내린다
그리움은 왜 녹지 않는가
눈이여, 내려라
남한(南韓)도 아닌, 북조선(北朝鮮)도 아닌
'모국'이라는 공통분모 안에서
오늘 우리에게 가장 소중한 꿈이 무엇인가를
우리는 잘 안다
'모국'이라는 말의 눈물겨움을
우리는 잘 안다
세계 위를 떠도는 작은 새여
너는 보고 있다
우리 안에서 일어나는 변화
세계 안에서 움직이는 기운

지구촌의 분쟁과 비탄과 축제를
너는 보고 있다
어지러운 세상의 논리에는 칼 같은 말을
사람 사는 세상의 지혜로운 말을
민주와 자유와 다중의 이익을
억압받고 소외받은 자의 어둠을
너는 말한다
세계 위를 떠도는 작은 새여
너는 좀더 신선하게
좀더 가깝고 빠르게
우리 곁에 다가와 날고 있다
무엇이 우리에게 소중한 것인가를
무엇이 우리를 스스로 일어서게 하는가를
무엇이 우리를 서로 사랑하게 하는가를
아직 여리고 작은 새여,
선지자가 하는 예지의 말을 깃털에 꽂고
너는 모든 사람의 가슴속을 날아야 한다
백두산에서 한라산까지
한강에서 대동강까지
너는 날아야 한다, 작은 새여

남과 북의 그리움을
네 작은 부리로 물고
자작나무숲 위로 날아오르는 새아침이 오면,
그날 우리는 고성방가하리라

6

시를 위한 산문

북조선의 빗장

2년 전 러시아 여행에서, 그리고 지난해 중국 여행에서 나는 이데올로기의 옷을 벗어버린 초라한 사람들의 모습을 생생하게 보았다. 그것은 궁핍뿐이었다. 주의(主義)라든지 이념이나 사상이 인간을 위해 도대체 무슨 역할을 하며, 무슨 효능을 갖는가라는 탄식을 숨길 수 없었다.

두만강 국경에 있는 중국의 작은 마을 도문에서 나는 두만강 건너편에 있는 우리 땅 남양을 바라보며 착잡한 감회에 빠졌다. 검게 흐르는 두만강 가에 서서 빗장을 굳게 내다지른 닫힌 마을, 닫힌 산하를 육안으로 건너다보았다. '창살 없는 감옥.' 하늘과 산과 강, 사람 사는 마을 모두 북한 면적만큼의 유적지라 보면 될까.

그 속에서 집단으로 수감되어 살아가는 사람들의 수형 기간은 언제까지일까. 수감된 사람들의 식량 배급마저도 악화되고 있다는, 통관증을 가지고 지난 5월 '북조선 량강도'의 친지를 면회하고 돌아온 조선족 젊은 부부의 말이 귓전을 때린다.

중국산 사료용 옥수수, 그것도 전쟁시의 군용 식량으로 비축해둔 2, 3년 묵은 딱딱한 옥수수를 인민들에게 배급해 준다는 것이다. 소말리아의 기아가 따로 있는 것이 아니다.

'헐벗고 굶주린다'는 숙어화된 말의 실체를, 뼈저릴 정도로 생생하게 체험하고 돌아온 그 조선족 젊은 부부의 말을 나는 믿어야 할 것인가.

중국 공산국 세무 징수원으로 일하는 남편(28세)의 한 달 봉급은 우리 돈으로 3만 원, 그의 부인(23세)은 이도진역(二道津驛)의 역무원으로서 한 달 봉급이 2만 원 정도 된다. 그러나 이들 부부는 또 다른 장사 수입으로 비교적 남부럽지 않은 살림을 꾸려가고 있다. 나는 이들이 보고 와서 전해준 '북조선 량강도' 지역의 사람 사는 모습을 잊지 못한다.

주의라든지, 이념이나 사상이 인간을 위해 도대체 무슨 역할을 하며 무슨 효능을 갖는가라는 말을 되풀이하지 않을 수 없다. 동독과 서독이 통일 독일을 이루면서 우리가 보았던 통일에 따르는 부작용과 경제적인 고통을 상기할 때, 우리의 남북 통일은 어떠할 것인가.

그럼에도 불구하고 우리의 통일은 실현되어야 한다. 무리하고 험난한 대가에, 온 민족이 한동안 고통과 고초를 겪더라도 우리 살아가는 시대에 통일은 반드시 이루어져야 한다.

항해일지를 쓰면서

김재덕(金載德), 마치 클라크 케이블처럼 콧수염을 길렀던 사나이. 40년 전 그 여름에 아버지는 우리에게 유산 하나 남겨 놓지 않고 무책임하게 타계하였다. 그가 남겨놓은 것이 있다면 궁핍과 가난과 널빤지로 만든 판자집 한 채와 젊은 아내와 어린 아이들 넷이었다. 거기다가 아버지의 병 치료를 위해 끌어들였던 힘겨운 사채뿐이었다.

아버지가 눈을 감던 그 여름날 저녁 황혼 무렵, 바람은 이상하게 나무울타리 바깥에서 눈을 내리깔고 있었다. 아버지의 임종을 지켜보던 나는 그가 숨지기 전에 무엇인가 해야 할 일이 있을 것 같았다. 아무리 떠올려 보아도 그가 생존해 있을 때 내가 해야 할 일은 얼른 생각나지 않았다.

'아직 아버지가 살아 있을 때' 추억처럼 표지판처럼 남겨 둘 일은 아무 것도 없었다. 그의 지기였던 옆집 '복쌍'이 숟갈로 물을 떠먹일 동안 나는 세 차례나 나무울타

리로 둘러싸인 다섯 평 남짓한 뜰의 안쪽에 있는 수챗구
멍에다 오줌을 누었다. '아버지가 살아 있을 때' 내가 한
일은 이것뿐이었다. 무책임하게 숨을 거두었던 그 사나이
와 나를 연결시킬 수 있었던 일은 결국 내가 수챗구멍에
다 오줌을 누었던 일로 끝나버렸다. 그때 나는 열세 살의
소학생이었고, 아우 김종철(金鍾鐵) 시인은 7살이었다.
그러나 아버지가 살아 있을 때 오줌을 누었던 그 일은
40년이 지나는 지금에 이르기까지도 내 생활의 의식과
정신에 하나의 신앙처럼 생동하는 리듬으로 남아 있다.

나는 오줌을 눌 때마다 아버지를 생각한다. 이 말은 병
골로 깡마른 그 사나이의 수척한 모습을 사모하고 그리
워하는 효심에서이기보다 내가 내 자신을 확인하고 실증
하는 신앙과 신념과 기도로서의 정신이 더 크게 작용해
서이다. 오줌을 눌 때마다 그 사나이를 떠올렸고, 오줌을
눌 때마다 나는 기도하는 마음을 가졌다.

청년기에는 친구들과 어울려 술판을 벌이며 시간을 탕
진할 때도 나는 화장실에 서서 속으로 짧게 말한다.

'아버지, 저를 불러내소서. 저를 불러내어 일하게 하소
서. 좀더 큰 일에 몰두하게 하소서.'

그날그날 살아가면서 일어났던 크고 작은 일에서부터
얻은 것, 잃은 것, 슬픔과 기쁨, 즐거움과 괴로움의 모든
것을 알리고 보고하고 감사하고 투정하는 일지적(日誌
的)인 기도와 대화가 나의 안에서 자리잡게 된 것이다.

그러니 화장실에서 '그것'을 반드시 잡고서야 기도를
하게 되는 우스꽝스런 나 자신의 모습 때문에 나는 누구

에게도 나 자신의 비밀을 이야기하지 못하였다. 그렇지만 나의 이 기도는 나 자신의 의지와 신념의 확인이며 끈질긴 힘과 용기의 공급처이다. 그러므로 끊임없이 나는 아버지에게 이야기하고 기도하지 않으면 안 되었다. 가령 여행을 하고 있는 도중에 기차 속의 화장실에 섰을 때도 나는 아버지에게 이야기한다.

'아버지, 저의 여행을 무사히 마치게 해주소서. 저뿐만 아니라 여행을 하고 있는 모든 사람들이 안전하게 여행을 하고 그들의 보금자리에서 그들을 기다리고 있는 사람들에게 돌아가 기쁨을 배달하게 해 주소서. 아버지, 당신의 무량함을 축원합니다.'

또 남의 집을 방문하게 되어 그 집의 화장실을 쓰게 되었을 때 (이럴 때 나는 별로 방뇨 의사가 없는데도 불구하고 화장실을 사용한다.) 나는 아버지를 만난다.

'아버지, 이 집안을 융성케 하소서. 저들이 부지런히 땀흘려 뿌린 씨앗을 저들이 노력한 대가만큼 어김없이 거두어들이게 하소서. 이 집안의 안정과 행운과 번영을 지켜주소서.'

나 자신의 문제에 대해서는 나는 아버지를 수시로 만나고 있으므로 아버지와의 대화를 일일이 말할 수는 없다. 이럴 때 내가 만나는 아버지는 나에게 피를 나누어준 생부(生父)로서의 아버지가 아니라 절대자로서의 신에 가깝다. 실제로 나는 신앙생활을 하는 종교인은 아니지만 종교인에 가까울 정도로 구도자들이 하는 것처럼 신을 향하여 걸어가고 있으며, 익숙하게 신을 향하여 담소하는 것이다. 그러므로 아버지는 나의 아버지로서보다 기독인들이나 불도들이 갈구하고 이상화하는 절대자이며 신의 등위(等位)이다. 김재덕이라는 사나이의 개념이 아닌 그 '아버지'를 나는 언제나 만나고 있는 셈이다.

그 아버지를 나는 술집에서도 만난다. 나는 어느 술집에서 술에 취하여 비틀거렸고, 술에 취하여 부도덕하였고, 술에 취하여 오만하였다. 나는 몹시 비틀거리며 그 술집의 화장실로 들어갔다. 화장실의 벽에는 거울이 있었고 거울 속에는 붉은 전등에 추하게 일그러진 작은 사나이가 비틀거리고 있었다. 거울 속의 사내를 보고 나는 말을 걸었다.

'이놈, 네 얼굴을 보아라. 추하지 않느냐?'

'아버지, 한잔 했습니다. 한잔 마셨어요. 제가 무슨 신분가요, 무슨 목산가요? 그보다 인간이지 않아요.'

'그렇다면 차라리 지금보다 더 철저하게 부도덕하고 더 철저하게 악마의 마음에 드는 놀이를 해야지.'

'알겠어요, 아버지. 무슨 말씀인가 알겠습니다.'

'자, 그렇다면 우선 손으로 머릴 빗질하고, 자, 자, 저 옷매무새도 좀 단정하게, 옳지! 저 추한 표정은 네 속성이니까 그대로 두고……'

나는 거울을 들여다보며 머리를 빗질하였고, 다소 엉클어진 옷매무새를 바로잡고 섰다. 그리고 거울 속의 사나이 눈을 비틀거리지 않을 때까지 가만히 들여다보았다. 화장실로 들어설 때와는 전혀 딴판으로 꼿꼿이 나는 걸어나올 수 있었다. 이처럼 아버지는 나의 정신과 행동의 교정자 역할도 하였다.

　인간 김재덕, 마치 클라크 케이블처럼 콧수염을 길렀던 사나이. 부둣가에서 하역작업을 하다가 상처의 파상풍 때문에 작고했던 한 노동자. 그 아버지의 기일(忌日)은 한여름(음력 6월 12일)이다. 맏형의 집이 부산이기 때문에 아우 김종철 시인의 가족과 우리 가족은 함께 휴가를 이용해서 아버지의 기일에 참례하였다. 그날밤, 새로 이사한 맏형의 집 화장실에 서서 나는 아버지를 불렀다.

　'아버지, 오소서. 당신이 40년 전에 버린 젊은 아내, 당신의 아내가 출산했던 네 남매와 그 네 남매가 출산한 손자와 손녀들이 오늘 저녁 모여서 당신을 기다리고 있습니다.'

　여기까지 이야기했을 때 문득 으스스한 음기의 바람이 이는 듯했다. 나는 그 이상의 말을 중단한 채 헛기침을 하고 화장실을 물러나왔다. 나는 귀기를 믿지 않는 탓도 있지만, 샤머니즘적 귀기를 싫어하기 때문이다.

　제사를 마친 다음날 아침, 우리는 사촌의 주선으로 사촌의 가족과 함께 네 가족이 상주해수욕장으로 향했다. 민박으로 일박하면서 남해도의 상주해수욕장을 둘러보며, 이즈음 내가 바다를 소재로 쓰고 있는 연작시「항해일지」를 생각하였다. 「항해일지」는 바다이야기를 쓰고 있으면서도 바다 위의 가해가 아닌 도시의 삶을 살아가는 사람들의 도시적 항해 이야기이다. 이 연작시는 바닷가에서 살아왔던 내가 중학교를 졸업하고 한때 5백 톤급 알마크호의 임시승무원으로 일하고 있을 때의 경험이 상당히 축적되어 있다. 연작시가 바다와 관련된 이야기이기 때문에 바다에 관한 경험적 요소의 촉발을 위해 뱃사람들이나 낚시꾼들의 이야기를 귀담아 들어야 하고 바다의 생물이나 생태를 눈여겨 봐두어야 할 것 같았다.

그래서 다음날 새벽 5시쯤 배를 빌어타고 낚시를 하러 나가는 사촌형을 따라 남해섬에서 얼마 떨어져 있지 않은 작은 섬까지 건너갔다. 멀리 섬들이 희끄무레하게 떠올라와 있었다. 배를 타고 가면서 을지로나 종로, 청계천에서 노를 젓고 살아가는 사람들을 떠올렸다. 그 사람들이 땀을 흘리며 그물을 깔아놓은 해전(海田)을 생각하였다. 해저로 해저로 침몰해가고 있는 도시를 생각하였다. 바위섬에서 낚시를 물에 담가 놓고서도 나는 계속 낚시 미끼를 놓치고 빈 낚싯대를 들어올렸다.

외로운 도시, 빈 도시에서 내가 이즈음 살아가는 삶의 방법도 저러하거니, 저 도시의 어느 곳에 내 삶의 배를 정박할꼬.

몇 마리의 잔챙이를 들어올리고 나서 나는 낚싯대를 거두었다. 그리고 바다를 등진 바위 틈에다 방뇨하면서 아버지에게 중얼거렸다.

'아버지, 쓰러지면 다시 일어서게 해주소서. 이 끊임없는 싸움에서 달아나지 않게 해주소서. 나의 삶이 허위의 삶이라면 나의 그물에 허위만 가득 끌어올려지게 하소서.'

당신을 위하여

사랑하는 당신, 나는 당신을 생각하오.

오늘은 눈덮인 겨울산을 오르오.

겨울나무와 숲들은 은빛의 털옷을 입고 새로 깨어나고 있었소.

안개가 얼어서 흰꽃으로 날리며 나뭇가지와 덩굴마다 은빛의 화환을 걸어주고 있었소.

깊은 계곡의 물들은, 눈동자가 맑은 여인의 피부를 가진 겨울산의 흰 실핏줄 속으로 스며들어 보이지 않았지만, 나는 끊임없는 그 고요한 지껄임을 엿듣고 있었소.

눈보라와 바람소리, 발목까지 빠지는 눈을 털며 오늘은 겨울산을 오르오.

사랑하는 당신, 나는 당신을 생각하오.

어릴 때 나는 당신의 얼굴을 몰랐습니다.

산에서 바라보는 남해의 초록빛 봄바다는 알 수 없는 세계와 닿아 있었지요.

뒷산으로 오르면 산은 어깨를 낮추고 나를 잔등에 올릴 때까지 기다리고 있었지요.

마른 풀잎들, 무덤 옆에 숨어 있는 할미꽃을 한 송이 두 송이 꺾을 때마다 내 가슴 속에 감춰진 이름 모를 우수와 슬픔이 뚝뚝 소리를 내며 꺾어졌습니다.

수평선 위로 사라지는 무역선 속에는 따스한 봄바람과 남해의 초록빛 봄바다가 일만 톤쯤은 실려가고 있을 것으로 생각했습니다.

아버지가 돌아가실 때에도, 이 지상(地上)과의 마지막 고별을 하고 나무판자로 만들어진 관 속으로 아버지가 들려져 가실 때에도, 나는 이 뒷산에 올라 나의 슬픔인 철쭉을 한 송이 두 송이 뚝뚝 꺾었습니다.

칡덩굴을 캐고 까치밥을 따면서도 나는 무엇이 나의 슬픔으로 오는지, 무엇이 나의 그리움으로 오는지 몰랐습니다.

산 너머 바다 건너 더욱 멀고먼 어디에 당신의 얼굴을 한 미지의 나라가 아련히 있을 것으로 생각하였습니다.

어머니 같고 누이 같고 아내 같은 혈연의 그윽함을 생각하였습니다.

탱자나무 울타리의 가시에 찔렸을 때의 아픔이 순간에 오듯 당신에게서 받는 고통스러운 밤이 순간에 온 것은, 달 밝은 밤 옥수수밭에 들어가서 젊은날의 슬픔을 실컷 울었던 어느 여름밤이었거나, 내 영혼의 등잔에 불을 당겨 준 수녀님이 우리집을 다녀간 그 청순한 봄밤이었거

나, 장미꽃을 코끝에 대고 깊게 심호흡을 하던 황홀한 어
느 여름밤이었거나, 아마 나의 감성이 면도날보다 더 푸
르게 날이 서 있던 날 밤이었습니다.

나는 잠을 잘 수 없는 고통 속에 빠졌습니다.

나는 당신의 환영을 그리워하고, 날마다 거인(巨人)을
꿈꾸었습니다.

나의 정신은 연기를 뿜었고, 나의 영혼은 불꽃으로 이
글거렸습니다.

날마다 거인의 꿈을 꾸었으므로 나는 나의 침구를 거
인의 키에 맞추려고 노력하였고, 우리집을 고쳐 더 크게
지으려 하였고, 겉옷과 속옷마저 큰 것으로 맞춰 입으려
하였습니다.

당신을 만나기 위해서, 당신을 즐겁게 하기 위해서 나
는 나의 덩치를 키우려 했었지요.

내가 가진 불꽃과 아픔은 나를 성장케 하였습니다.

나의 꿈과 고통은 나를 길러준 어머니의 자장가였습니
다.

젊은날, 나는 그분들을 만났습니다.

내 삶의 갈피 속에 숙명처럼 끼어든 그분들을 만났습
니다.

그분들은 혹한의 겨울에도 변하지 않는 푸른 댓잎을
지니고 있었습니다.

면암 · 매천 · 전봉준 · 단재 · 만해 · 육사…….

학대받고 짓눌린 사람들의 아픔과 어둠이 나의 대뇌

속에 크게 자리잡기 시작할 때 환영 속에서만 나타나던 당신의 모습이 비쳐왔습니다.

나는 당신을 비로소 보았습니다.

그때 당신은 묶여 있었고 재갈이 물려 있었고 맨발의 슬픈 모습을 하고 있었습니다.

아아, 당신을 향한 그리움. 어찌할까요.

당신을 사모하는 기다림, 어찌할까요.

그러나 당신은 고개를 모로 젓습니다.

그리고 눈을 감습니다.

십자가에 매달린 그분의 괴로운 눈빛, 피투성이가 된 그분의 손바닥에 박힌 못을 슬퍼하는 이는 많지만, 누구 하나 얼굴 붉히고 나서서 대신 고통을 거두어 들이려는 이는 없습니다.

당신은 이제 아무 말씀도 하지 않으시지만, 나는 당신이 계신 곳의 창문을 두드리고 또 두드리고 싶습니다.

그리고 당신 이름을 부르며 당신을 깨우고 싶습니다.

당신을 위하여 나는 고통과 불꽃을 준비합니다.

당신을 위하여 나는 그제도 쓰고 어제도 쓰고 오늘도 씁니다. 내일도 쓸 것입니다. 그리고 죽는 날까지 당신을 위하여 써갈 것입니다.

체험적 構成論
—— 1978년, 詩를 어떻게 쓸 것인가

1

퇴계로에서 을지로를 지나고 청계천으로 걸어가는
동안
　중부시장 행상인들이 잡아당기는 밧줄,
　오늘따라 무인도가 유달리 바다 위로 치솟아 보였다.
　눈마저 내리지 않는 외롭고 캄캄한 날
　인파의 물살을 허우적이며
　퇴계로에서 을지로로 노를 젓는 동안
　내 돛대 위에 흐느끼던 깃발은
　가만히 아래로 떨어져 내리고
　무인도는 점점 커다랗게 떠올라 와 있었다.
　바다의 물살은 드높아지고
　아무도없구나아무도없구나
　어느덧 내 마음 무인도에 가 흐느끼노니
　내가 밟는 빈 도시의 어둠, 서울의 어둠

무인도여 무인도여 살아 있는 것이라곤 아무 데도
없구나
눈마저 내리지 않는 외롭고 캄캄한 날
중부시장 행상인들이 잡아당기는 밧줄은
한없이 풀려나가고
퇴계로에서 을지로를 지나 청계천으로 노를 젓는 동
안
꿈꾸듯 깜박이는 내 배의 등불에
오늘은 무인도가 커다랗게 커다랗게
걸려들어 퍼덕이누나

———「무인도」 전문

2

유난히 추운 겨울이었다. 이 땅에 한 번도 봄이, 그리
고 여름과 가을이 방문한 적이 없었던 것처럼 혹독한 추
위가 모든 것을 움츠러들게 하고 시퍼렇게 얼렸다. 눈도
오지 않는 혹한의 살벌한 겨울은 내가 갖는 실어증(失語
症)과 묘하게 야합하고 있었다. 가슴속에서 이글거리는
강렬한 하나의 진실마저 말하지 못하는 시인의 언어는
차라리 가면을 쓴 위선의 언어밖에 못 된다는 것을 깨닫
고 난 다음부터 나는 실어증에서 벗어나고자 애썼다. 하
나의 진실을 말하지 못하는 실어증의 무력감에서 벗어나
기 위해 나는 행동적인 투사가 되는 것을 희망하지 않고
견자(見者)의 언어를 택하였다.

　직설적이고 노골적인 언어의 상투성을 피하고 언어의 의미를 더욱 깊이 심화시키는 반면, 좀더 은유와 상징의 방법을 찾아내자. 오늘의 삶 위에서 고뇌하고, 좌절하고, 절망을 느끼는 불행한 사람들을 위하여 나의 시는 사도적(使徒的)인 언어가 되자. 속박을 받고 핍박받는 모든 사람들의 슬픔과 한(恨)의 쪽에 서서 사라져 가고 지워져 가는 오늘의 의(義)와 진리의 모습을 그들의 영혼과 더불어 깊이 추구하자.

　그러나 그것은 나에게 또 하나의 심한 자폐증(自閉症)을 갖다 주었다. 오늘의 삶을 살아가는 불행한 사람들이 받는 곤혹은 자신의 모습을 더욱 깊이 감추어 가려 하기 때문이다. 한마디의 진실을 꺼려하고 숨기는 그들의 자폐증의 의식은 나에게 무서운 자폐증을 앓게 했다. 그러면 어떻게 할 것인가. 오늘의 가장 절실한 정신적 갈증이 한 잔의 도덕적인 소금물을 요구하고 있을 때 오늘의 시인은 달콤한 설탕물의 시(詩)를 이 시대의 인후(咽喉)에 쏟아 부을 것인가. 의(義)와 진리를 사랑하는 모든 사람들의 영혼이 겪는 아픔을, 나의 가장 절실한 노래이면서 우리의 가장 절실한 노래가 되는 우리 시대의 시(詩)를 오늘의 시인은 쓰지 않으면 안 된다. 내 자신의 가슴에 숨겨진 뜨거운 불꽃의 모습을, 그 현신(現身)을 그리자.

　어두운 저녁, 나는 퇴계로 5가 사무실에서 집으로 돌아가고 있었다. 을지로를 지나고 상계동행 버스 종점이 있는 청계천 쪽으로 걸어가고 있었다.

　"쥐약이요, 쥐약", "칼 가시오, 카알" 중부시장 행상

인들이 외쳐대는 삶의 절박한 음성이 깊은 자폐증과 혹
한에 웅크리고 가는 나의 미몽(迷夢)을 흔들어 깨웠다.
캄캄한 어둠이 눈앞을 가로막고 있었다. 을지로로 미끄러
져 들어가는 차량과 인파가 물결 같아 보였다. 그들은 이
시대의 가장 절실한 욕구, 최소한 오늘을 살아가는 자신
의 영혼마저도 잊어버리고 있는 죽은 모습들이었다. 사람
이 살고 있지 않은 죽은 도시의 모습──뼛속 깊이 파
고드는 절대 고독이 흐느끼듯 가슴을 전율케 하였다. 나
는 무인도를 걸어가고 있는 착각 속에 빠져 들어갔다.

3

　앞에 쓴 2의 글은 시인이 한 편의 시를 쓰기 전에 '무
엇을 쓸 것인가'에 해당하는 체험적 소재이다. 그러나 2
의 글에서 보이는 내적 소재는 절실한 정신 의식의 체험
을 내비치고 있긴 하지만 아직 뚜렷한 주제를 잡지 못하
고 있다. 한 편의 시가 완성되기까지 이루어지는 모든 과
정에서 볼 때, 이것은 하나의 시적 발상과 동기에 지나지
않는다. 발상에서 주제의 성립, 재료(언어)의 배합, 문맥
의 형성, 형태(行과 聯)의 조립, 첨삭, 탈고에 이르기까
지를 총합하는 것이 광의의 의미로 볼 때 시의 구성이라
할 수 있다. 그러므로 구성은 시의 성패를 좌우한다. 같
은 소재와 주제라도 구성의 효과적인 기능에 따라 시의
성패는 그 양상을 달리한다.
　시의 효과적 성취를 위해 발상에서 탈고에 이르기까지

주제의 합당한 취사선택, 재료의 적절한 구사와 배합, 언어 의미의 새로움을 구현시키기 위한 창조적 이미지의 구현, 행간의 탄력과 밀착, 전체적인 조화 등에 기울이는 시인의 세심하고 정밀한 배려는 '시'가 예술이라는 공정(工程)의 기초 위에 성립되고 있음을 말한다. 이러한 공정 자체가 바로 시의 구성이다. 일상적인 언어의 상투성과 보편성을 배제하기 위한 시인의 각고의 노력이 시의 구성에서 소홀하면 소홀한 그것만큼 시의 성취도가 약해지는 것은 당연한 이야기다.

　②의 글을 토대로 한 편의 시 ①이 이루어지기까지의 과정을 시(詩)의 구성적인 측면에서 좀더 자세히 살펴보기로 한다.

　②의 글은 소재의 천착이다. 무엇을 쓸 것인가 하는 주제의 설정은 시를 읽는 쪽——대중적 독자——을 의식하지 않을 수 없다. 시는 언어를 통한 표현 예술이기 때문에, 언어 기능에 맡겨진 시도 역시 전달을 궁극적 목적으로 한다. '나'를 제외한 또 다른 상대에게 전달되는 하나의 '알림'이다. 사랑의 미학이든, 이별의 슬픔이든, 좌절의 갈등이든, 아름다움의 추구이든, 그것은 상대를 향한 가장 함축되고 가장 진실하고 가장 가치있는 빛나는 '말'이어야 한다. 그것은 자기의 삶에서 일어나고 있는 가장 절실한 문제의 추구를 담은 작품일수록 박진감과 감동의 폭은 넓어진다.

　자신의 절실한 문제를 배제하고, 소박하고 엉뚱한 소재를 추구한 시에서 우리는 감각적인 기교와 생동감 없는 무의미한 시의 모습을 많이 보아 왔기 때문이다. 쉽게 이야기하자면, 적과 대치하고 있는, 생사가 엇갈리는 격렬한 전쟁터에서 우리가 요구하는 것은 절박한 상황에서 사투하는 인간의 비극적 삶과 고뇌이지, 달콤하고 완미(完美)한 사랑의 찬가가 아니다. 그러므로 시의 소재는 '나'에게 있어서든 '우리'에게 있어서든 가장 절실한 것의 추구가 되어야 공감의 폭을 넓게 확보할 수 있다.

이것은 시의 구성에서 생각할 수 있는, 시의 성패에 기여하는 일차적인 요소가 된다. 발상에서의 문제가 되는, 무엇을 쓸 것인가 하는 것이 시의 성패를 좌우하는 첫째 관건이다. ②의 글에서 보인 발상에서 '사람이 살고 있지 않는 죽은 도시'의 모습과 함께 나는 무서운 소외감 속에서 「무인도」를 생각하게 되었다. 사람이 살고 있지 않은 무인도 '한마디의 진실'을 숨기려는 자폐증과 고독——그것의 이미지를 어떻게 부각시킬 것인가. 첫행부터 관념적인 요소를 배제하면서 시작하자. 중부시장 행상인들의 절박한 삶의 육성을 삽입하자.

    Ⓐ 쥐약이요, 쥐약. 칼 가시오 카알
    Ⓑ 눈마저 내리지 않은 외롭고 캄캄한 날
    Ⓒ 중부시장 행상인들이 잡아당기는 밧줄,
    Ⓓ 오늘따라 무인도가 유달리 바다 위로 치솟아 보였다.

Ⓓ행의 '무인도'는 역시 관념 속에 머물고 말았다. 그

러나 이 시에서 관념을 지나치게 배제하면 의도가 노출된다. '의도'의 노출을 억제하기 위해 이 정도의 관념성을 은유로써 적절하게 감싸면서 '무인도'가 갖는 의미의 명징성은 살려 놓도록 하자. 도시의 이미지를 살리면서도 '무인도'가 갖는 언어적 환경을 만들어 주자. 그러자면 '바다의 물살', '노를 젓는다' 등의 표현이 필요하다. 바다의 무인도를 어둡고 캄캄한 나의 자폐증 속에 치솟아 오르는 또 하나의 무인도로 이입(移入)시켜 놓고 지나친 상황의 노출을 부드럽게 감싸자.

    Ⓔ 인파의 물살을 허우적이며
    Ⓕ 퇴계로에서 을지로로 노를 젓는 동안
    Ⓖ 내 돛대 위에 흐느끼던 깃발은
    Ⓗ 가만히 아래로 떨어져 내리고
    Ⓘ 무인도는 점점 커다랗게 떠올라와 있었다.

'물살', '노(櫓)', '돛대' 등의 바다에 어울리는 관습적인 언어의 배합으로 Ⓕ행의 '퇴계로', '을지로' 등의 언어 환경 속에서도 Ⓘ행의 '무인도'의 이미지가 생경감을 씻어 가고 있다.

그러나 이상의 시행(詩行)으로서 이 시가 갖는 도덕적 요소의 추구는 아직 환기되지 않고 있다. 가슴속에서 북받쳐 오르는 외로움과 슬픔과 한을 그리고 소외 속에서 허우적이는 한 인간의 절실한 욕구를, 그 고뇌의 육성을 담고 싶다. 불신시대의 판별하기 어려운 어둠속에서 '나'

가 아닌 '우리'라고 할 수 있는 사람들을 잃어버린 도시
에서 '한 마디의 진실'로써 서로의 갈등을 축여 줄 수 있
는 영혼의 맹우(盟友)를 찾지 못한 도시에서 방랑하는
무인도의 사람. 그 사람의 심정적인 심혼을 쏟아 놓자.

    Ⓙ 바다의 물살은 드높아지고
    Ⓚ 아무도없구나아무도없구나
    Ⓛ 어느덧 내 마음 무인도에 가 흐느끼노니
    Ⓜ 내가 밟는 빈 도시의 어둠, 서울의 어둠
    Ⓝ 무인도여 무인도여 살아 있는 것이라곤 아무 데
도 없구나

    Ⓙ행은 심정의 고조를 드러내기 위한 삽입이다. Ⓚ와
Ⓛ행에서 노출되고 있는 지나친 감상적 탄식을 허황되게
지나치지 않는 당위성으로 만들기 위해 Ⓙ행이 필요했던
것이다. Ⓜ과 Ⓝ행에서 이 시의 궁극적 핵심이 환기된
다. 만일 Ⓜ과 Ⓝ행이 이 시에서 빠져 있게 된다면 이
시의 절실함과 고뇌가 무엇 때문인지 오리무중의 관념시
로 전락하게 된다. 난해시의 위험을 비켜가기 위한 시행
이 Ⓜ과 Ⓝ행이다. Ⓚ행의 띄어쓰기가 전부 무시되어 있
는 것은 Ⓚ행의 의미가 갖는 막막한 소외감의 밀도를 보
여주기 위함이다.
    Ⓜ과 Ⓝ행에서 받는 고뇌와 소외감 때문에 '무인도'라
는 주제의 성립을 보게 된 것이다. 이 두 행은 '무인도'
라는 주제의 가장 깊은 심층의식을 형성한다. Ⓜ행의 '서

울의 어둠'은 너무 지나친 노출이다. 일단 삭제를 해두었다가, 시의 일반적 대중 독자를 의식하고 다시 허용하였다.

    ◎ 눈마저 내리지 않는 외롭고 캄캄한 날
    Ⓟ 중부 시장 행상인들이 잡아당기는 밧줄은
    Ⓠ 한없이 풀려나가고
    Ⓡ 퇴계로에서 을지로를 지나 청계천으로 노를 젓는
동안
    Ⓢ 꿈꾸듯 깜박이는 내 배의 등불에
    Ⓣ 오늘은 무인도가 커다랗게 커다랗게
    Ⓤ 걸려들어 퍼덕이누나

◎행은 앞의 Ⓑ행의 개진을 다시 환기, 의미의 연상작용을 시킴으로써 반복의 효과를 얻으려 한 것이고, Ⓟ·Ⓠ행은 앞에 내놓은 ⓒ행의 서술적 의미 제기의 흐름을 소시민의 심정적 모습으로 시각화하여 연계시켜 본 것이다. Ⓡ～Ⓤ행은 이미 벌여 놓았던 주제의 모든 것을 서서히 닫는 마무리. 그러나 무인도라는 주제가 내보이는 바다 이미지에서 이탈되지 않는 심정적인 모습을 소요하였다. 도시의 길거리 이름과 바다를 상징하는 몇 개의 이미지의 배합으로써 어둠 속에 좌초한 도시인의 고뇌하는 모습을 그려본 것이다.

그러나 탈고의 단계에서 Ⓐ행은 끝내 삭제하고 ①의 작품 첫행을 첫머리에 올리면서 ⓒ·Ⓓ·Ⓑ의 순으로

행을 바꾸었다. ①의 작품 첫행을 첫머리에 올린 까닭은 Ⓐ행이 보이는 살벌함을 둔화시키고 작자의 서술적 평이성을 택함으로써 '쉽게 쓰기, 알기 쉽게 쓰기'의 기본적인 방편을 살린 것이다.

이상은 「무인도」라는 한 편의 작품이 씌어지기까지의 과정을 시의 체험적 구성면에서 살펴본 것이다. 시의 구성을 이야기하기 위해서는 시의 구조적·형태적 분석보다 이 방법이 훨씬 시창작의 실제와 시의 이해에 용이하기 때문이다.

(1978년 4월 《한국문학》)

영혼의 향기

나는 출판사 일을 해오고 있기 때문에, 책을 만드는 입장에서 의무적으로 교정을 보며 책을 읽지 않을 수 없다. 비뚤어진 글자 한 자, 방점 하나마저도 첨예하게 살펴가며 읽어가노라면 읽는 속도가 무척 느리지만 자연스레 정독이 되고 만다. 좋은 내용의 글을 읽어갈 때는 일의 진척과는 상관없이 시간에 대한 보상을 받는 것 이상으로 가치와 희열을 느끼지만 그렇지 않을 경우에는 짜증과 울화가 치민다.

잘 전달되어 오는 훌륭한 내용의 뛰어난 문맥에 접할 때 나는 나 자신이 그와 함께 상승되어 가는 느낌을 받는다. 지은이에 대한 외경과 애정이 저절로 솟아난다. 그러나 그렇지 않은 책, 현학적인 내용, 난해한 문장을 만나게 될 때, 그리하여 지은이의 의도를 이해하기 위해 끈기 있게 참아가며 되풀이하여 읽고 읽어도 무슨 말을 하는 것인지 알 수 없게 될 때, 동댕이치고 싶은 울화가 치솟지만 '만드는 쪽'의 입장이기 때문에 그래도 끝까지 읽어

간다. '만드는 쪽'의 입장이 아닐 때는 벌써 내팽개쳤을 것이다. 이런 경우는 대개 비평·논문류와 번역문이 대부분이다. 다 읽고 나서도 와닿는 것이 없고 얻은 것이 없다. 읽는 쪽의 수준이 그에 미치지 못한 탓인가. 오히려 나는 마음 편하게 그렇게 돌려 버린다.

시를 읽는 경우도 마찬가지다. 시를 읽고 쓰는 일에 25년이나 종사해 왔지만, 아직도 모르는 시, 안 읽혀지는 시들이 수두룩하게 있다. 나는 이런 시들에 속지 않고 아주 냉담한 편이다. 시집을 받고서, 시집 첫머리에 실린 몇 편의 시만 읽으면 다 읽지 않아도 되겠구나 대충 짐작이 간다.

그러나 그 첫 2, 3편 정도를 읽어서 만만치 않은 힘과 느낌을 받게 되면, 그 시집은 서가에 꽂혀지지 않고 오랫동안 되풀이하여 두 번 세 번 읽게 된다. 일종의 '영혼의 향기'이다. 내가 날아오르기 위해 필요한 일용의 양식이다. 그것들과 친숙하게 지내게 되면 치솟는 정신의 힘과 창작욕까지 느끼게 된다. 식탁 위의 맛있는 음식에 대한 편식주의가 아니라, 정선된 식단과 고단위 영양소의 보완이랄 수 있다.

읽어서 모르는 책, 난해하여 와닿지 않는 책, 그래서 처음부터 읽기를 포기한 책으로 대표적인 것이 제임스 조이스의 『율리시즈』이다. 20세기의 고전으로 세계의 수많은 지식인들에게 영향을 준 것으로 평가 받고 있는 이 책을 읽기 위해 나는 가장 맑은 정신으로 여러 번 정독해 본 적이 있다. 처음 30여 페이지를 읽고 내가 느낀 것은 절벽 같은 활자의 배열과 현학성뿐이었다. 다음날에는 첫날 읽었던 그 30여 페이지를 또 되풀이 정독하여 읽었다. 역시 마찬가지였다. 그 다음날은 20여 페이지를 더 읽고 '언어의 사기극'이 아닌가 하는 의구심 때문에 책을 덮었다. 더 이상 『율리시즈』의 나무에 오르지 않는 것이 나의 건강을 지키는 것으로 판단했기 때문이다.

뒷날 어느 술자리에서, 난해시를 써서 곧잘 핀잔 받고 비판을 받아오던 60년대의 한 중견시인이 『율리시즈』를 읽고 받았던 감명을 이야기할 때, 나는 고소(苦笑)하였다. 그가 써왔던 시가 『율리시즈』의 문맥과 너무나 흡사했었기 때문이다.

나는 많은 책을 읽지 않았다. 다독보다는 정독 쪽이 나의 체질에 더 잘 맞아 떨어지기 때문이다. 그리고 체계적으로 독서를 해온 편도 아니다. 아마 국민학교 6학년 때쯤부터 책읽기의 재미를 깨닫게 된 것 같다. 이 무렵에 재미있게 읽었던 책들이 나관중의 『삼국지』, 이광수의 『흙』, 김내성의 『청춘극장』, 그리고 『수호지』, 『임꺽정전』 등이다. 겨울방학 때 이불을 뒤집어쓰고 책대본집에서 빌려온 책을 하루종일 꼬박 읽었다.

특히 방대한 양의 『삼국지』를 읽을 때의 재미란 이루 말할 수 없었다. 마치 나의 운명을 모조리 줄에 꿰어서 책갈피의 책장 한 장 한 장마다 연결시켜 놓은 것처럼 감정의 흔들림을 맛보았다. 장비가 죽었을 때 세상이 어두웠고, 나는 슬퍼서 책장을 덮고 오랫동안 쏘다녔다. 관운장이 죽었을 때도 세상이 더욱 캄캄했고, 염세마저 느꼈다. 그토록 몰두하며 읽던 『삼국지』는 지금까지 아마 여덟 번 이상은 읽은 것 같다. 읽으면 읽을수록 우러나는 재미와 감동은 새로운 것이었다.

10대 후반부터 감명깊게 읽은 책으로는 『유치환 시집』, 『서정주 시집』, 『김춘수 시집』, 『청록집』, 『한하운 시집』 등과 엘리어트의 『황무지』, 칼릴 지브란의 『예언자』, 『릴케 시집』 같은 시집류가 대부분이다. 이 가운데 칼릴 지브란의 『예언자』는 함석헌 선생의 번역인데 내게 깊은 감명과 영향을 주었다. 칼릴 지브란은 시의 성서와 같은 음성으로 미궁과 안개 속에 들어 있는 나를 깨웠다. 나는 그의 깊고 심오한 화법(話法)에서 시인으로서의 자질을 단련받았다. 책장이 닳도록 거듭 되풀이하여 읽은 책 가운데 하나이다. 지금까지 많은 『예언자』의 번역판이 출간되어 있지만, 함석헌 선생의 번역판이 칼릴 지브란의 육성을 가장 생동감 있게 담고 있는 것 같다.

이 무렵에 읽었던 콜린 윌슨의 『아웃사이더』나 이어령, 고은의 언어가 가지는 감각과 감성은 나의 문학수업의 훌륭한 교본이 되어주었다.

20대 중반에 들어서면서 나는 세계문학의 고전과 명작들을 본격적으로 읽기 시작했다. 그 당시 내가 근무하고 있던 출판사에서 『세계문학전집』을 만들면서 이들 고전들을 정독할 기회를 얻은 것이다. 하루종일 교정을 보면서 읽는 책의 페이지는 30여 페이지 정도. 이만저만한 완벽한 정독이 아닐 수 없다. 생소한 외국의 지명이나 인명 등의 고유명사들을 하나하나 외래어 표기 맞춤법에 맞추어 기록해 가면서 읽어갈 동안 작가와 작품의 이해에 더욱 가깝게 접근할 수 있었다. 세계 문학의 명작·고전들은 이 무렵에 거의 섭렵하게 되었다.

이들 명작·고전들이 주는 감명은 각기 다르다. 특히 도스토예프스키에게서 받았던 강렬한 충격은 대단한 것이었다. 이것은 전혀 내 나름대로의 생각이지만, 인류 전 세기의 문학사상 세계의 문호들을 산봉우리에 비견한다면, 도스토예프스키는 단연 가장 높은 봉우리로 말할 수 있다. 신과 인간, 선과 악의 갈등에서 빚어지는 정신의 심오함, 중후하고 위대한 상상력과 광기에 가까운 날카로운 오성(悟性)에서 흐르는 신비한 섬광은 우리를 전율시킬 만한 아편적인 매력이 있다.

『죄와 벌』의 치밀한 사건 전개보다는 오히려 『카라마조프 가의 형제들』에 나는 더욱 압도당한다. 주요 등장인물인 알료샤를 비롯한 드미트리, 이반, 스메르자코프, 조시마 장로 등이 빚어내는 인간의 모순과 갈등, 삶의 포즈들이 이들 인간상으로 모두 압축, 표현되고 있기 때문이다. 같은 러시아 작가인 톨스토이의 『전쟁과 평화』나 『안나 카레리나』에서는 작품의 웅대한 횡적인 넓이를 느끼게 되지만, 도스토예프스키의 작품은 종적인 깊이의 예리함을 느끼게 한다. 하루 중에 보통의 인간들이 가장 맑은 오성으로 정신의 집중력과 긴장감을 지탱할 수 있는 시간이 5분 정도라고 한다면, 도스토예프스키의 경우는 이 5분 정도가 작품 전편 —— 처음부터 끝까지 —— 에 그대로 옮겨와 지속되고 있는 것을 볼 수 있다.

깊이나 넓이와는 상관없이 작품으로서의 재미와 흥미 진진함을 느낄 수 있었던 것은 역시 뒤마의『몽테크리스토 백작』이다. 이 작품을 읽는 재미가 얼마만한 것인가를 프랑스 사람들은 과장된 익살까지 섞어서 말한다. 프랑스 사람들이 수술을 받을 때는『몽테크리스토 백작』을 읽는다고 한다. 하도 재미가 있으니까 손발쯤 잘라내는 수술을 해도 그 고통을 잊어버리게 된다는 것이다.

30대 중반에 들어서면서 나는 민족수난기의 우리 근대사, 민족주의 사학에 상당히 심취된 적이 있다. 외솔회에서 펴내는 인물연구지《나라사랑》의 편집일을 맡아 보면서 사학자 홍이섭 선생, 서지학자 백순재, 하동호 씨의 도움을 받아 근대사 인물들을 책으로 엮으며 숨은 자료를 많이 발굴해 내었다. 이때 눈뜬 것이 문학에 있어서의 역사의식이다. 나 자신, 현실과 상황에 대한 문학의 한계를 이로써 극복할 수 있었던 것도 정곡을 찌르는 사학 쪽의 글들에서 상당한 도움과 영향을 받았음을 고백치 않을 수 없다.

□시인의 약력(金鍾海)

1941년 부산에서 태어남. 1963년《자유문학》지에 詩 당선.
《경향신문》 신춘문예 시 당선으로 문단 데뷔.
〈現代詩〉동인, 한국시인협회 사무국장 역임.
현대문학상, 한국문학작가상 수상.
현재 문학세계사 대표, 한국시인협회 상임위원.
＊시집으로『인간의 악기』『신의 열쇠』『왜 아니 오시나요』
『천노, 일어서다』『항해일지』『바람부는 날은 지하철을 타고』가 있으며
시선집으로『무인도를 위하여』가 있음.

●

별똥별
김종해 시선집

●

초판 1쇄 인쇄일 1994년 7월 20일
초판 1쇄 발행일 1994년 7월 30일

●

저자 • 김종해
펴낸이 • 김종해
펴낸곳 • 문학세계사

●

주소 • 서울시 마포구 신수동 345－5(121－110)
전화 • (02)702－1800, 702－7031～3
팩시밀리 • (02)702－0084
출판등록 • 제21－108호(1979.5.16)

●

• 값 7,000원

●

ISBN 89－7075－066－5 03810
ⓒ 김종해, 1994

※ 저자와의 협의에 의하여 인지를 생략합니다.